뿔 난 자리

김승균 시집

시인의 말

처음은 언제나 망설여집니다. 지금도 꿈인가 싶습니다.

무슨 일이든 처음 접할 때는 선뜻 발을 들이기가 쉽지 않습니다.

첫 시집이기에 더욱더 그랬습니다. 퇴직 기념 작품집으로 발간하려다 코로나19로 인해 미루게 되었고, 그렇게 5년의 세월이 흘렀습니다.

과연 시를 썼다고 할 수 있을까요. 싶은 무거운 짊이 그랬습니다.

자연과 살아가는 삶은 저의 스승입니다. 어린 시절 기억을 한 조각씩 꺼내어 만져도 보고 엿보면서 적어본 글들이 첫 시집으로 발표하게 되어 기쁩니다.

어떤 작품일지, 어느 수준일지 지금도 스스로에게 묻게 됩니다.

다만 내가 살아온 여정 속에 과거가 묻어나는 현실에서 많은 시간이 나를 언제나 끌어당기며 마음 안에서 그리움도 살아 숨 쉬고 있음을 느낍니다.

유명한 시인은 아니지만 지금 발표하는 시들은 내가 살아온 삶의 흔적입니다.

사연 많은 도심에서 참 빠르게 달려왔고, 가끔은 지나는 세월 속에서 나 자신을 다시 뒤돌아보며 인간의 존엄

성을 바라보기도 합니다.

시인이라는 창작과 뼈아픈 고통 속에서 이렇게도 쓰는구나! 하고 다른 글을 접하며 좋은 시상이 떠올라도 표현의 부족하지만, 다시 쓰고 지우고 몇 번이고 고쳐 쓰게 됩니다.

부끄럽지만 누구나 다른 삶을 살아오신 독자들의 감성을 좁히며 조금은 마음에 맞닿을 수 있다면 참 좋겠다 싶고 더없이 저에게는 큰 기쁨입니다.

너그러운 마음으로 저의 첫 시집을 읽어주시면 감사하겠습니다.

우연한 인연으로 만나 창작 활동을 지지해 주신 많은 분과 저를 아는 모든 분 덕분에 성장해 나가는 디딤돌이 되었습니다.

이렇게 첫 시집을 내게 되어 몸 둘 바를 모릅니다. 진심으로 감사드립니다.

앞으로 많은 글이 떠오를 때 생각을 온전히 조금씩 공부하며 삶의 흔적을 글로 남기는 것에 만족하며 나의 자아를 찾아가려 합니다.

그래서 시간이 지나 다시 시를 읽을 때는 더욱 성숙한 시인으로 독자들 곁에 머물고 싶습니다. 감사합니다.

차례

시인의 말

2부 꽃비의 발자취

3부 엄마의 텃밭

평설_손해일(시인·문학박사·국제펜한국본부 제35대 이사장)

기웃거린 문턱

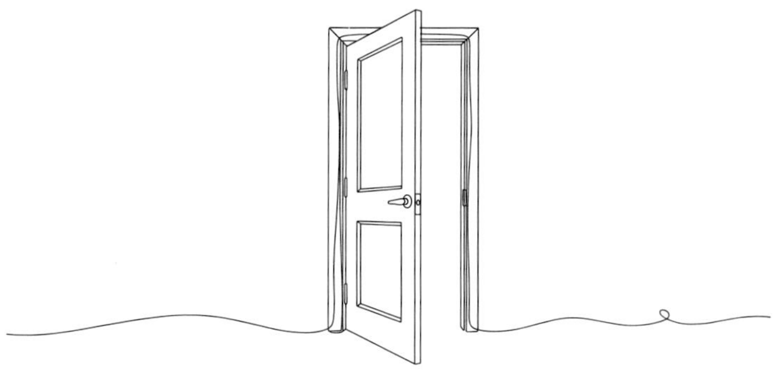

뿔 난 자리

내 전생은 황소였던 것 같다
삶을 되돌아보니
고사리손 어릴 때부터 일하고 살았다
직장에서도 가는 곳마다 일이 많아서
눈만 뜨면 일하는 소의 일생과 같았다

동작이 굼뜨고
덩치 크고 목소리 크며
고기보다 야채를 잘 먹고
좋은 일이 있으면
슬며시 황소웃음 짓는 것도
소와 많이 닮았다

신기하다!
뿔 났던 자리가 가렵다
나도 모르게 손이 올라갔다
긁으려다가 아차!
손대지 않기로 했지

가려운 부위를 더듬어보니
양쪽 다 가려운 위치가

뿔 난 자리와 일치했다

약을 발라도 없어지지 않는 것은
아직도 해야 할 일이 많으니
소처럼 열심히 살라고
메시지를 보내는 것이리니

운명이라 받아들이며
오늘도 후회하지 않도록
삶의 페이지를 채운다

한가한 시선

창가에 기대 조용히
시간이 먼저 하품한다

지나가는 구름 하나
서두르지 않는 얼굴로
하늘을 천천히 접어놓고

커피는 식어가는데
그 사실조차 급하지 않다
김이 사라지는 속도에
마음이 맞춰진다

길 위의 사람들,
모두 어딘가로 향하지만
나는 잠시 방향을 내려놓는다

아무 쓸모 없어 보이는 순간에
세상이 가장 또렷해져서
눈은 멀리 가지 않고 지금에만 머문다

한가한 시선으로 보면
삶은 생각보다 잘 흘러가고 있다

네잎클로버

풀잎 사이에 숨은
조용한 초록의 가능성
아무도 부르지 않았는데
스스로 완성된 모양

우연이라 불리는 순간은
사실 오래 고개를 숙인 시간
지나친 발걸음들 아래서
끝까지 포기하지 않은 결과

네 잎은 말이 없다
다만 발견한 마음에 잠시 머물러
오늘이 조금 괜찮아질

이유를 건넬 뿐이다

기웃거린 문턱

물끄러미 창가에 기웃거린
햇볕 하나가 웃는다
커튼 끝 살짝 들어 웅크린
아침의 비밀은 문턱을 엿본다

잠에서 덜 깬 방 안에
먼지와 숨결이 떠다니고
햇볕은 발끝으로 다가와
시간을 살포시 흔든다

아무 말 없이 돌아서며
문턱에 온기를 남긴 채
오후 기웃거린 햇볕은
오늘도 불러낸다, 나를

이 뭣고

보이는 형상形象을
가진 것들은
저마다 이름이 있지만

보이지 않는다고 해서
사라진 것도 아니고
이름이 없는 것도 아니다

내 앞에 없다고
이름이 없어지는 것도 아니고
보이지 않는다고
없어진 것도 아니다

진심으로 원하는
그리는 그 마음은 영원히
내 마음속에 남아 있다

향기처럼 그림자처럼 바람처럼
나타났다 사라졌다 하면서
틈만 보이면 나를 들었다 놨다 한다

인연 끊기

누구나 자기만의 역린逆鱗이 있다

남의 역린을 건드린 잘못은 모르고
적반하장으로 인연을 끊었다

시간이 흘러도 아무 변화가 없다
자존감만 두고 모두 버렸으니
스트레스 없이 더 잘 산다

자기만 생각하면 그가 옳다
타인으로 인해 자존감 상하지 않고
남의 시선에 인생이
흔들리게 할 수는 없으니까

이제야 생각난다. 전에도 그랬는데
흔들리지 않고 지키며
나를 위해 세상을 돌게 하자

오늘 또 느낀다. 사람은 고쳐 쓸 수 없다

물음표

오늘도 나는 묻는다
나는 누구인가?
나는 나일까?

나의 나는 어디에 있을까?
나라고 여기는 나는 누구일까?

나는 나를 찾기 위해
매일 여행을 떠난다

발길 잡아끄는 너?

관觀

눈감고 앉아 나를 들여다보자
오만가지 내 생각을 보자

귀중한 줄 모르고 함부로
다룬 내 마음을 보자

철썩이는 파도를 타고
너울로 달려가는 생각을 따라가 보자

뿔소라 나팔 소리
복어 뽁뽁거림도 듣고
가자미와 도다리 광어가
눈 위치를 두고 싸우는 소리도 들어보자

귀가 들은 잠자리 날갯짓 소리와
눈으로 본 독수리 배설물

냄새로 아는 황홀한 음식 냄새
산삼이 풍기는 건강한 냄새

심장의 펌프질 소리

혈관을 타고 흐르는 천둥소리

나를 살리는 내 몸을 관하자
그리고 쓰다듬어 주자 고마움으로

수건 털기

깨끗이 씻은 몸 닦기 전
세상 찌든 먼지 묻을까 수건을 턴다

욕심 고집 오만이
마음속에 자리 잡지 말라고 털며

심신이 맑고 깨끗하여
우주와 잘 조화롭도록 턴다

오늘도 삼천대천세계에
우주 삼라만상이 안전하고
나와 연이 닿은 모든 분이 행복하고

지구별에는 코로나로
고통받는 이 없도록
병이 빨리 종식되기를
두 손 모아 기도한다

수행

지나가는 바람이 전해주는
세월의 이야기를 듣다가
누구든 안고 가야 할 길

가까운 곳에 두고
멀리 찾아 헤매다 힘 부친 일상
쉬어가라 하늘과 땅이
알려줘서 나를 다시 찾는다

세상의 고통 원인 알아차리고
억겁의 원죄 찾아
공덕 쌓아 소멸시키고
마음 창고 크게 지어

모질지 못한 방편에 기대어
나를 찾아 가두는 것
'이 뭣고?'

지하철

가는 너는
움직이지 않는데

서 있는 내가
왜 움직이지?

잔뜩 긴장하고
떠들썩 흔들어 놓고 가네

정신이 아득하구나
너와 헤어지던 그날처럼

원고청탁

언제나 반갑다
기다려진다. 네가 오기를

보내달라는 소식 받고
너를 보내기까지
날마다 수없이 썼다가 지운다
못내 아쉬워 다시 쓴다

빨리 보내야지 하면서
마지막 날까지 머릿속에
가슴에 숨겨놓고 꺼내지 못한다

곱게 화장하고 잘 입혀 보내야지
쓰고 지우고 또다시 다짐해 놓고
양복 차림으로 널 보낸다

그런데 말이지
그마저 보내기 싫다 뚝뚝 친다
숨겨두고 나만 보고 싶다

남들의 시선이 민망스럽다

골든타임

누구나 마음 바쁜 출근 시간
검은 바다 위에 수많은 돛단배가
자리다툼을 하면서 몰려가고 있다

먼 데서 사이렌 소리 내며
작은 돛단배 한 척이 나타나자
자리다툼을 하던 돛단배들이
좌우로 피한다. 검은 바다가 갈라진다

생명의 위급함을 아는
돛단배와 파도들이
서로 갈라지면서 길을 만든다

경광등 번쩍이는 돛단배 속
생명을 구하고자
처절하게 몸부림치고 있다

갈라선 돛단배와
파도들이 두 손 모아 빈다
부디 생명의 줄을 놓지 않기를

돛단배가 가고 난 바다는 또다시
가족을 부양하기 위해 일터를 향해 가는
돛단배들의 자리다툼으로

희망의 파도를 치고 있다

새벽 5시 풍경

하늘엔 별들이 청아하게 빛나고
하나둘 골목 가게에 불이 켜진다
연장 가방을 둘러메고
건설현장으로 가는 사람들
택배 배달원 쿠팡 차량

아침 식사 손님맞이로
분주히 상을 차리는 식당 안 모습
다들 바삐 움직이고 있다
밤새 골목을 지킨 가로등
졸고 있을 시간에 사람들의
하루 일과가 시작되고 있다

오늘도 기운 내고 열심히 살라고
골목을 지나는 바람이 어깨를
다독이고 간다
경인로 출근 차량들이 바쁘게
이동하고 있다

모두 안전운전하고
작업장 일터에서 무사히

가족들에게 돌아오기를 기원한다

배낭 멘 아저씨는
풍을 맞으셨는지 지팡이를 짚고
한쪽 다리를 끌면서 병아리걸음으로
성주산을 향하여 가고 있다

짧은 보폭으로 건강을 회복하려는
열정과 희망이 용트림한다
부디 빨리 회복하셔서
건강한 모습으로 생활하시기를 기원한다

마음은 곧 우주다

어딜 그리 바삐 가나
간다고 찾을 수 있을까
보고도 보지 못하는데

별빛 밝은 날밤 산에 올라
바위 위 가부좌하고
눈 감고 자연이 되어봐라

눈을 추켜올려 하늘 보고
우주별을 보라
조용한 마음을 보라

네가 우주임을 느껴라
대지가 숨 쉬는 숨결인
바람을 느껴라

마음의 울부짖음
천둥 번뇌를 들어봐라
어둠을 없애는 번개 빛을 보고
바르게 눈뜨고 세상을 보라

우주 만물은 일체
동화되어 있음을 느껴라
네 마음에 우주가 있다
우주와 네가 동체다

마음은 감정도 풍부하다

"내 마음이 어떤지 알아?"
"몰라!"
"어떻게 내 마음도 몰라주는데?"
"넌 내 마음 알지?"
"내가 어떻게 알아"

희한하다 난 모르는데
사람들은 다 알고 있다

내가 누구인지
이름도 알고 있어?
어디에 있는데?
어떻게 생겼는데?

볼 수도 없고 만질 수도 없는데
무게도 있다고 한다
누가 표현하길 무겁다 가볍다고 한다
마음은 감정도 풍부한 것 같다

좋다 싫다 밉다 때려주고 싶다
서글프다 슬프다 쓰리다 아리다 아프다

행복하다 불행하다 가엽다 불쌍하다고 한다

마음은 눈도 있는가 봐?
보고 싶다 보기 싫다
꼴도 보기 싫다 두 번 다시 보기 싫다

마음 상해서 버렸다고 하는 걸 보니
생물인 것 같기도 하고?
도무지 알 수가 없는데 말이지
형태도 있다고 한다

용기처럼 생겼나? 담았다 비웠다 채웠다
칠판에 쓰고 다시 썼다가 지웠다고 하더라

조각도 할 수 있나 봐
깊이 새겨서 간직했다고 하니까

천으로 생겼나?
찢어진다고도 하니
참 요상한 것이 마음이여
그런데 너는 어디 있니?

내 속에 있는 그 마음을 몰라서
너에게 묻는다 눈을 뜨면 다시 올까

매화

누가 그리 보고 싶어서
살을 에는 추위에
너는 활짝 피었구나

미소 띤 얼굴 머금은
게으른 햇살에 입술 말라붙은
하얀 솜이불 헤치고

그리움 움츠렸던 기지개
손끝 잡듯 아릿한 공간
화려한 자태로 유혹하나

나의 향기 백 리에 퍼져
새 생명 한 아름 안고 너를 본다
희미한 시간 멈추면 날 보듬던
님이 달려오시겠지

춘설春雪 피어오른 길목에서

미래의 시간은 바뀐다

형체도 없는 태산 때문에
마음 졸이고 속을 태운다
그렇게 하지 말라고 해도
그렇게 되지 않는다고 해도 자꾸 한다

아무런 쓸모없다고 해도
이루어질 확률이 낮다고
좋은 것보다 나쁜 것을 더 많이 한다
붙잡아도 말을 안 듣는다

해결할 수 없거나 있어도 한다
그나마 다행인 것은
미래에 대한 생각이라는 것
시간이 해결해 준다는
답을 알고 있다는 것이다

더욱 중요한 것은
긍정으로 바뀌면 또 다른
과거와 현재가 바뀌가는 미래
들숨과 날숨의 평행선 궤도에서
현실을 바라본다

난 지금은 쉰다

겉보리 쌀

보릿고개 배곯다 재 너머 일가 집에서
추수해서 갚아주겠다고 빌려온 겉보리 쌀

한 톨이라도 흘릴세라 젖 먹던 힘 다해
꼭꼭 동여 싸맨 보물 보따리
이고 들고 발길 재촉하며 좁은 산길 향한다

구멍 뚫린 코고무신 돌부리에 챌라
내리뜬 눈 속으로 흘러드는 짠물
땀인가 눈물인가 빨갛게 울고 있다

머리에 인 보따리는 목을 옥죄이고
손에 쥔 보따리는 온 팔이 찌르르
땀이 찬 고무신 벗어질까 고심하고
숨이 턱턱 막히는 고갯길 갈지자로 넘어가다

내 몸이 남의 것 인양 감각 잃어가도
올망졸망 어린 자식들 입에
밥 들어가는 모습 상상하며
모든 고통 다 잊고 미소 짓는 어미 모습

잘사는 친구네 이밥 밥상 떠올리며
된장에 꽁보리밥뿐이냐고 칭얼대는 어린것아
온갖 수모 고통 겪고 배 채워주는 어미 정성
언제나 깨달아서 효도하려나

구덕초(민들레)

먼동 트기 전 꽃피워
태양을 맞이하는 농부의 시계
잎 피는 순서대로 꽃피우는 형제애
꽃잎 오므려 비 온다고
알려주는 기상대

꽃 진자리 솜사탕꽃 씨방
우주를 품은 씨앗
튼튼하게 여문 꽃씨
살바람 타고 이별 후
갓털植物 낙하산 타고
날아 앉은 보금자리

햇살은 곁눈질하며 본다

널 입으로 분다

아무 곳에 피었다고
하찮은 들풀은 아니다
무상한 인간들이 무시하고
밟히고 찢겨도 끈질기게 피어난다

모진 인생사는
더불어 나를 보고 살아간다
성현들은 길섶에 핀
나를 옮겨 서당 마당에 심어

세상을 이롭게 하는 야생마
작은 틈에서 끈질기게 산다
조석으로 너를 보고 교육받는다

우둔한 내 머리 일깨워
길 가다가 만나면 먼 길 떠나도록
너를 만지고 입으로 분다

민들레 꽃씨 하나

상상의 다리

신선이 보던 풍경
새들이 보는 경치
사람도 보려고 만든 다리

산과 산을 이어서 길을 만드니
물 깊어 못 건너던 하천을
발아래에 두고 본다

사진으로 보던 것과
직접 보는 차이에
감탄사가 절로 나온다

허공에서 느끼는 소리와
움직임의 다름을 느낄 수 있고
상상의 나래를 펼 수 있으니

내딛는 발자국마다 고마움
만드느라 수고하신 분들께
축복과 영광이 있기를 기도드린다

2부

꽃비의 발자취

너의 효능을 맛본다

뜨겁던 무더위가 지나가니
산천은 아름다운 구절초꽃

하얀 얼굴로 웃으며 반겨주는
엄마의 얼굴 닮은 꽃
"순수, 가을 여인, 어머님의 사랑"
꽃말도 아름답다

음력 9월 9일이면
9개 마디가 생겨서
지어진 이름 '구절초'

양분이 풍부하고 약효가 좋아
햇볕에 말려 부인병 치료하는 꽃 '선모초'
물 한 바가지로 배 채우던 시절
흰쌀밥 위 계란노른자 같다고 붙은 이름 '계란꽃'

찬 이슬 내리는 밤이면
하늘의 구절초가 반짝반짝
낮에 일어났던 사연 나누고
따뜻한 성질로 건강까지 챙겨주어 고맙다

전설처럼 효능이 마음을 뚫는다

기름집 풍경

재래시장 골목 기름집 앞을 지나가면
고소한 참기름 냄새가 미소 짓는다
진열대에는 원산지를 표시하여
미리 짜놓은 참기름, 들기름, 생들기름, 홍화씨유
각종 기름병이 서로 뽐내고

작은 의자에 엉덩이 붙인
다닥다닥 옹기종기 모여 앉은
중국산 참깨와 들깨가 서울 구경하며
한국산 깨들과 이야기를 나누고 있다
한국까지 온 사연을 자랑삼아 할 이야기도 많다

고향마을 풍경, 성장 과정, 함께했던 마을 사람들
어릴 적 생각이 더듬거리며 물어볼 것도 많다
성격 좋은 한국산 참깨와 들깨
무슨 말인지 다 알아듣는지는 알 수 없지만
표정으로도 척척 맞장구를 쳐주고 있다

너나 나나 이 자리에 같이 있는 운명이고
여기까지 살아온 여정
위치와 시간만 달랐을 뿐

검은머리가 흰머리 되도록
삶의 과정은 다르지 않다

주문한 참기름이 나오자
아픈 무릎, 굽은 어깨를 펴고
맛있게 먹는 자식 입만 쳐다봐도
해바라기 웃음으로 절로 웃었다
조물조물 버무린 각종 반찬

시장길 좁은 골목 식당 앞
비빔밥에 오색 야채가 가득하고
밥을 안 먹어도 배부른 어미는
집으로 발길을 돌린다

꼬맹이 삼 남매 송편 만들기

삼 남매가 옹기종기 모였다
8살쯤 된 꼬맹이 셋이서 고사리손 놀리며
살아생전 엄마가 하던 모습 기억하며 송편을 만든다

쌀과 팥을 물에 담가 불려놓고
뒷산 올라 싱싱한 솔잎 따서
샘물에 깨끗이 씻어 물기 빼고

쌀 건져 물 빠질 동안
팥 삶는 솥에 불 지피니
구수한 팥 냄새가 코끝을 간질인다

방아확과 공이 깨끗이 닦고
방아다리 끝에 새끼줄 잡고 매달려
꼬맹이 체중 모두 실어
방아머리 들어 올려 디딜방아를 찧는다

고운체로 쌀가루 쳐서 곱게 반죽하여
고사리손으로 엄마가 만들던 보름달 송편은 못 만들고
손가락 마디 새겨진 상현달 송편을 만든다

솥 안에 채반 넣고 삼베보자기 펴서
솔잎 골고루 깔고
하얀 송편 올려 솔잎 이불 덮은 후
무쇠솥이 눈물 흘리고 칙칙 콧김 내쉬면
송편에 솔잎 붓으로 참기름 골고루 바른다

터진 송편 들고 호호 불며 맛보고 깔깔거리다가
보고 싶은 엄마 생각나 매운 연기 탓하며 훌쩍이다가
뒤돌아서 하늘 보고 마음속으로 대화한다

엄마 하늘나라에는 송편 없지
올 추석에도 꼭 와서 내가 만든 송편 먹고 가

지난밤 기억에서

소나기가 잠시 그친 밤
은빛 타고 기억이 멈췄다

만지려 하면 사라지고
눈 감으면 더듬은 느낌
어느새 내 몸을 차지했다

살금살금 언제 왔을까
잠결에 만질 수 없으니
눈뜬 밤은 으르렁거린다

불빛 세포가 복잡한지
요동치는 수상한 뜨거움
가슴 설레게 심장이 뛰고

지난밤
훑고 지나가는 희망을
잠깐 그려 보았다

나는 기다리다 다시 잠든다

꽃비의 발자취

천년바위 망부석 꽃향기 타고
빠진 꽃 수술
아련한 추억 어린 초등학교 운동장
꿰매 신은 검정 고무신
콧대 묻은 소매 깃

어미 잃은 까까머리
코흘리개 낙동강 모래바람
불쌍타 어루만져 빨갛게 아린 얼굴

보릿고개 주린 흔적마다
버짐꽃이 피었구나
추억 아리게 더듬고 지나갈 때
우레 천둥 광명 번개
놀란 눈 비버 뜨니

꽃바람 향기 속 움츠려
꽃망울 맺힌 하늘에 꽃비 내게로 오네
두 팔 벌려 꽃비 옷 입고
거친 세상 떠나가는 너는

꽃길 만들며 떠나가는구나

꽃사지

화단에 이쁜 꽃이 피었다
모르는 척 잡혀 온 흑장미 한 송이
사지를 절단당하고 깎아 내고 묶여도
하얀 안개꽃 속에 싸여 꾹 참는다

행사장 귀한 손님 옷깃에 매달려
화려한 조명 받으며
너를 보고 곱다 인사하니
이 시간만큼은 너도 주인공이다

집에 가면
거울에 매달아 놓고
너를 말려
아침마다 지켜보며 미소 짓겠지

곱디곱게 메마른 아련한 그리움
눈으로 음미하며 행복해하지
꼬물거리는 예쁜 꽃잎들

사진 속에는 영원히 추억이 산다

나는 누구인가

오늘도 나는 묻는다

나는 누구인가?

나는 나일까?

나라고 여기는 나는 누구일까?

나를 아는 나는 어디에 있을까?

지금 이런 나를 나라고 아는 나는 누구인가?

나의 나는 어디에 있을까?

나는 나를 찾기 위해 오늘도 여행을 떠난다

내 집 장독 맛

어떤 재료를 사용했을까?
어떤 마음으로 담갔을까?
어떤 양념을 넣었을까?
어떤 기술로 버무렸을까?

무 자르고 풀 끓여
네 마음도 버무린다

시간이 익혀주는 날김치
담는 이의 손맛과 정성에 따라
맛깔스럽게 익어간다

내로남불

남들 보고
못났다고 욕 하지만

가만히 보면 나도 모자라고
잘난 것 없는
실수투성이로 살지

내가 보는 남은 내로남불
남의 눈엔 내가 내로남불

인정하기 싫지만
나도 그렇게 살고 있다
바로 너처럼

당신의 꽃

꽃이 좋은들
당신보다 좋으리

꽃이 예쁜들
당신보다 예쁘리

꽃향기가 좋은들
당신의 향기보다 좋으리

진흙탕에서 피는 연꽃처럼
온갖 삶의 어려움 속에서
역경 딛고 피는 꽃

항상 미소 잃지 않는
당신의 웃음꽃
세상에서 제일 좋아요

힘든 것 다 잊고

내가 가기로 결정해서
밤잠 설치고
새벽바람에 달려왔지만
올려다보니 아득한 정상

앞만 보고 허리 숙여
일행 따라 아기걸음으로 오르느라
경치는 살펴볼 여유가 없다

흐르는 땀 훔치며 헉헉대며 올라가니
바람은 보기 안타까운지
힘들지 하며 등 밀어 응원해 준다

정상 올라 내려다보니
힘든 것 다 잊고
내 세상 얻은 듯하다

다들 이 맛에 등산한다고 하지

도시의 밤

낮술 한잔에 붉게 물든 얼굴
서산 너머로 퇴근하고
검은 안개 속에 잠겨버린 세상

졸고 있던 가로등이 고개 들고
두 눈 깜박이며 꽁무니 감추며
흔적 없이 사라지는 자동차 사이로
어둠이 지배하는 세상이 펼쳐진다

열정 태우며 피어오르는 불빛
빌딩 지하 야화夜花 웃음에 묻히고
넘치는 술잔 부딪히며 살 태우는 냄새
도시의 밤은 깊어간다

원망과 분노, 좌절과 아픔
술 힘 빌려 우주로 발사한다
고민 잊고 고뇌 벗는 뇌를
포맷하고 신체를 초기화한다

생기 먹은 이슬이 대지를 적시고
찬란한 여명이 밝아오면

광란의 흔적은 그림자 속으로 흩어진다

세상은 어제의 모습으로 되돌아와 있고
햇살에 담은 정기 마시고
만물은 제 형상을 드러낸다

괴로움 비벼 토해 만든 피자로
아침 식사하는 비둘기들 분주하고
지나가는 바람이 가로등에게
지난밤에 일어난 일을 묻는다

들어보았는가?

들어보았는가?
은은한 여운이 끊어질 듯 작아지다가
다시 이어지며 가슴 울리며 어미 찾는
'에밀레~ 에밀레~' 우는 신종의 소리를

아버지의 위엄을 기리고자 하는
자식의 효성으론 모자라서 손자의 효성까지
보태어 허물고 짓기 이십 년 정성으로 만든 신종의
소리를

'이 종을 쳐서 나는 소리는 이 우주
절대적 진리의 소리여서 이를 듣는 모든 중생으로
하여금 깨닫게 하려는 데 있다'며 만든 신종의 소리를

후원자와 제작자의 이름을 일일이
종 표면에 새긴 기록 일천 자의 울림이 있는
그 많은 사람의 염원 담아 정성 들여 만든 신종의
소리를

인간 세상 계급이 있는 시대
지위고하 막론하고 그 이름 아로새겨

만든 이 모두 평등하다고 외치는 신종의 소리를

들어보았는가?
연꽃 당좌를 치면 온몸 떨며 울어
그 울음소리 듣고 깨달음 얻어
온 나라가 평안하기를 기원하는 신종의 소리를

이슬 내린 새벽 산속 새들도 깨기 전에
무릎 꿇고 기도하며 세상의 안녕을 기원하며
사바세계 사방 백 리에 퍼져나가는 신종의 소리를

들어보았는가?
신종의 소리
내 귀에 울려, 내 머리가 울고
내 몸에 울려, 내 영혼이 울고
내 가슴에 울려, 내 마음이 우는 소리를

살아온 시간만큼 웃는다

걷다 뛰다 숨 몰아쉬고
오랜 시간 올라왔던 산등선
자태 뽐내며 세상 바라보고
모를 땐 힘들어도 같이 걸었는데
나이 먹을수록 알고 나면
참 별거 아니라고 웃는다

이렇게 짧은 거리를 왜 길게 왔나 싶고
성현들 말씀이 신은 사람이
감당할 수 있을 만큼
고난을 준다고 하셨는데
인생살이 누구나 처음 겪는 것은
마찬가지다

힘들고 괴로워도 이겨내면
살아온 시간만큼
모두 다 추억이 된다
세상 사는 이치를 깨닫고
축지법을 써서 뒤돌아 하산하는
산길도 나이를 먹는다

나도 어느덧 중년이다

나도 모르는 속삭임

생각하고 지우고
생각하고 움켜잡은
오만가지 생각들

온종일 토해낸
오만가지 단어들
흩어지고 없다

비워내고 비우고
또 비워내도 꼬물거린 잡생각
이제는 버려야 할 찌꺼기

나도 몰래 지은
양분 없는 인상人相은
얼굴 주름에 숨어버렸다

반들반들 가볍게 닦아
텅텅 비운 그릇엔
호기심 많은 나를 찾아
현실과 대면한다

늘 귓전에 뭉친 기억이 끄덕이듯

라디오 듣듯 하라

라디오 켜 둔다고 다 듣는 것 아니고
TV 켜 둔다고 다 보는 것 아니듯이
보이는 것이라고 다 믿지 말고
흘러가는 강물처럼 보내자

들리는 소리라고 다 듣지 말고
흘러가는 바람처럼 약이 되는
소리만 들어라
확실한 것만 기억하라

아는 만큼 더도 덜도 말고
믿고 싶은 만큼 마음에 담자
지금은 몰라도 알 수 있을 때가 온다
자세히 보아야 보인다

내가 하고 싶은 말 다 하자마자
말한다고 다 말은 아니다
하고픈 말 꾹 참고 침도 삼키자
귀 문 열고 마음 창고에 열쇠를 채우자
상대가 듣고 싶어 하는 말을 하라

꾸밈없는 도움이 되는 말
보고 듣고 말한 것은 저축하자
다 담아 놓지 말고 물로 씻자
세상이 밝아지는 말만 하자

더러운 것 상처 난 것
도심 속 허공에 다 날려버리고
예절 바른 것만 보듬어
익숙한 이별 연습을 하자

인생 끝자락 머물면서

3부

엄마의 텃밭

목련꽃

매서운 겨울 칼바람 결에
봄기운이 실려 오면
뽀송뽀송한 털옷 입고
봄맞이 준비하여

쓰개치마 털옷 살포시 여미어
수줍은 새색시 손으로 가린
입술처럼 뾰족이 고개 내밀고
봄기운을 탐색한다

앙증맞게 벌어지는 입술 속에서
하나둘 내미는 꽃잎들이
맘껏 기지개 켜며 자태를 뽐내다가
하나둘 나비 되어 날아내린다

갓난아기 흰 고무신처럼
하얗게 반짝이며 빛나던 꽃잎이
가는 봄이 아쉬워
온몸이 피바다가 되도록 서럽게 몸부림치다

다가올 내년을 기약하며

피맺힌 한을 품고
봄비 맞으며 돌아가네

무섬마을 섶다리

내 이름은 없다
남들이 외나무다리라 부르고
섶다리라 불린다

작은 개천을 건너는
다리에도 이름이 있지만
나에게는 이름을 붙여주지 않았다

코흘리개 아이들 등하굣길
예쁜 며느리 시장가는 길
살을 에는 차가운 강물
발 담그지 않고 건너도록

초겨울 강물이 얼기 시작하면
동네 사람들이 모두 모여
섶다리를 만든다

굵은 동아줄 새끼를 꼬아
소나무, 참나무 가지 묶어
얼기설기 얹은 위에
흙을 덮어 만들며

온 동네가 하나 된다

출렁출렁 흔들리는 다리 아래
모래무지 반갑다고 놀자 하고
피라미 깡충거리며 튀어 올라도
발 헛디뎌 물로 빠질까 무서워
눈에 들어오지 않는다

한겨울 지키다가 봄바람에
버들강아지 꼬리 흔들며
얼음과 눈이 녹아 물이 불어나면
모든 것 버리고 떠내려가는
욕심 없는 다리

텅 빈 섶다리 자리는
콧노래가 흥겨운
사공의 나룻배가 차지한다

올겨울 찬 바람 불고
강물이 얼면
너의 자리를 지키는
또 다른 섶다리가 생기지

무명초

꽃 피어 향기 뿌려
길손 잡는 너는 누구인가

갈바람 동행하여 자리 잡은 곳
돌담길 담장 밑

찬바람 가시기 전 활짝 피어서
수줍게 웃는 너

이름도 모르지만
너를 보면서 미소 지을 수 있어 좋다

눈높이 맞추어야
제대로 볼 수 있는 너로 하여

낮추고 살라고 그래야 보인다고
깨우쳐 주어 고맙다

너로 인해 살아온 날들을 반성한다

민들레 꽃씨

엄마 품 떠난 민들레 꽃씨
바람 타고 내린 돌담 밑
비 내려 묻어주어 뿌리 내리네

추운 겨울 땅속으로 뿌리 내려
바람이 전해준 봄소식 듣고
싹 틔워 고개 내미네

미소로 흠뻑 주는
봄 햇살 받아
가장 먼저 꽃 피워 뽐내어 본다

지나는 길손들 사진 찍어 간직하니
잎사귀 손 흔들어 고마워하네

품어주고 키워준 돌담에
감사 인사하고
다음 생을 위해 훨훨 날아가네

배신과 배반, 야비함으로
얼룩진 인간세계 지천에
핀 뜻을 조금은 알겠구나!

길섶이든 돌담이든 핀다

새벽 먼동이 트기 전 제일 먼저 피어나서
태양을 맞이하고 농부의 시계가 되어주네
잎 나는 순서 따라 나는 꽃대에 핀 꽃
꽃잎 오므리며 비 온다고 알려주네

하얀 꽃 노란 꽃 피었다가 진 뒤
우주 품은 꽃 씨방을 자랑하네
꽃대를 키우면서 품어 키운 갈색 씨앗
갓 털을 자랑하며 튼튼하게 여물었네

여문 꽃씨들 손잡고 이별離別식을 하네
아름다운 지구를 우리가 만들자
사람에게 이로운 우리가 되자며
구덕초九德草의 의미를 되새기네

갓털 쓰고 바람 타고 멀리멀리 날아가
꽃씨 날아 앉은 곳이 내 보금자리
길섶이든 돌담이든 쓰레기장이든
모진 역경 이겨내고 억척스레 살아나네

여기저기 아무 곳에 피어난다고

하찮은 들풀이라 무시하지 말라
길섶에 핀 나를 밟고 지나다녀도
끈질긴 생명력으로 다시 피어나리니

모진 인생 역경 속의 어려운 이들은
나를 보고 용기 얻어 살아간다네
서당 마당에 옮겨심은 성현들의 뜻
조석으로 나를 보며 인성을 닦았다네

백담사 돌탑

설악산 백담사 앞 계곡에는
돌탑으로 농사지은 콩밭이 있다

봉정암 불뇌사리보탑
청소하고 내려온 빗줄기가
계곡 가득 휘감아 쓸고 가면
새로운 돌탑이 무럭무럭 자라난다

가족 건강, 사업 성공, 만사형통
부처님께 빌고 또 빌었지만
그 정성 보이고자 돌탑을 만든다

물속에 잠긴 돌 고르고 골라
가벼운 돌 무겁게 들고
정성 들여 올려가며 빌고 또 빈다

돌탑이 무너지면 소원 성취 못 할까
불어오는 골바람 등으로 막고
범종소리에 놀라 떨어질까
목탁소리에 놀라 떨어질까
가녀린 숨도 못 내쉬며

떨리는 손으로 올리고 합장한다

과욕을 부리면 와르르 무너져
가슴 내려앉게 하여
자기 그릇을 알고 만족하라 일깨운다

산 능선에서부터 깨지고
부서지며 40리를 굴러
두루뭉술해진 돌들이

세상살이 모나게 살지 말고
둥글둥글 어울리며 살아가면
소원을 이루리라 말씀을 전하네

벌초

고향 떠나 객지에서 살아야 하는
사연은 각자 다르지만
고향을 그리워하는 마음은 같다

설 추석 차례 참석과
조상 묘의 벌초를 위해
일 년에 3번은 귀향하는 우리 민족

벌에 쏘이고 쐐기에 쏘이고
나뭇가지에 베이고
비탈에 미끄러져도
꿋꿋하게 벌초를 한다

벌초가 힘들 때는
종교시설이나 장사시설에 모신 분들을
부러워하기도 하지만
명당에 모신 조상 묘의 전설 상기하며
뿌듯한 자부심으로 부러움 밀어낸다

다른 집들은 우리 세대가 끝나면
후손들은 벌초 안 할 것이라고

음력 윤달이면 흩어져 있는 조상님 묘
가족묘지로 모신다고 난리다

우리 집은 3개 시군에 모셔져 있는
묘를 벌초하기 위하여
전국에 있는 후손들이 전날부터 모여
새벽부터 총동원되어 벌초한다

다른 집들은 가족묘 조성하여
벌초나 성묘하기 편하게 했는데
우리는 이대로 둘 건지 이야기가 있었다

자연으로 돌아가신 분들 묘를
파묘하여 이장하는 것은
조상에 대한 예의가 아니니

그냥 두고 후손들이 안 돌보면
자연으로 돌아가는 것이 정상이라는
큰형님 말씀에 의견일치를 봤다

보자기 선생님

예로부터 즐겨 쓰는 사각보자기
가난한 서민들의 인성교육 선생님

내용물 담으면 둥글게 변하면서
온몸이 찢어질 듯 조여 매어
내용물 보호하려 한 몸 바치네.

내 몸 다 바쳐 남의 잘못 감싸안고
흘릴라 삐져나올라 꼭꼭 덮어서
먼 길 떠나길 마다하지 않네

인간의 모난 마음 둥글게 다듬고
내가 가진 권세, 명예 꼭꼭 싸매어
남에게 유세 말고 자신을 낮추어
인생만사 둥글둥글 알차게 살아라 훈계하네

매듭이 느슨하면 내용물이 흐르듯이
인간관계 느슨하게 사귀지 말고
마주 잡은 끈 묶으면 하나 되듯이

온갖 정성 기울여서 몸 바쳐 사귀고

틀어지고 꼬인 인간관계 해결하는 방법은
꼬아서 비틀어 매듭 속으로 밀어 올려
보자기 매듭 풀듯이 풀어라 알려주네

복천암

속리산 법주사 일주문 지나서
오리 길을 굽이돌고 산허리 접어들어
세조의 인간적 고뇌가 서려 있는 세조 길을 걸어
속세의 때가 낀 마음을 세심 정에서 씻고

이것이 무엇인가? 묻는 이 뭣고 다리 지나
세 번 오르면 극락을 갈 수 있다는 문장대
한반도 기운의 중심 백두대간 배꼽에
천삼백 살 호서제일 선원 복천암福泉庵

"신증동국여지승람" 보은현 "불우조佛宇條"에
절 동쪽 바위틈 샘물이 재위에 쓸 물 많이 나와
지은 이름 복천福泉이 절 이름

서슬 퍼런 세조대왕 복천암 찾아
신미信眉 학조學祖 두 고승과 3일 기도드리고
목욕소沐浴沼에서 목욕할 때
약사여래 명을 받은 월광 태자 현신하여
등 밀어 치료하니 피부병 나았다네

피부병과 마음을 치료해 준

무량수無量壽 고마움에 절을 중수하고
친히 쓴 '만년보력萬年寶曆' 사각옥판四角玉板 보냈네

세종대왕이 신미, 학조대사의 한글 창제
공로 치하로 아미타삼존불상 봉안했네
정조대왕 시를 지어 노래한 석간수 복천
극락전 '무량수無量壽' 공민왕 어필 현판

왼편 산 능선 위에 우뚝 선 부도 두기
스승인 신미대사 수암화상탑秀庵和尙塔과
제자인 학조대사 학조화상탑學祖和尙塔 나란히 있네

팔각 이중기단 위 팔각 이중신부 올리고
별석으로 원형 탑신 그 위에 올렸으며
상륜부는 양각이 선명한 팔각 옥개석 위에
노반을 안치한 스승의 탑

장중한 느낌 제자 탑은 원형 탑신 낮추고 둘레 넓혀
팔각 옥개석 모서리에 삼각형 받침돌 세웠네
스승과 제자 영원히 극락을 누리네

봄비

반갑다
봄바람 타고 네가 오니
산천초목이 반기는구나

고맙다
하늘이 깨끗해졌구나
식물이 쑥쑥 자라나고
나뭇잎이 싱그럽게 자라나네

부탁한다
대지의 생명수 적당하게만 와라
소란 피우지 말고
폭력 쓰지 말고 조용히
아픈 대지를 쓰다듬고
따스하게 와라

너의 친구들
천둥, 번개, 태풍은 데려오지 마라!
한여름 밤 부화 중인 올챙이
물고기들 놀란다

너의 속삭임에 지구도 숨 쉰다

비 그친 이튿날

천둥 번개 밤새도록 울어
지하 셋방 노인네 밤잠을 빼앗아
얼른 덜렁 북쪽으로 도망가 버리고

비 그친 하늘에
뭉게구름 높이 떠다니고
주름살 골짜기로 파란색 눈물이
하염없이 흘러내리네

고추잠자리 하늘하늘
놀러 가자 유혹하여
고개 들어 구름을 찾아보니

바람이 뺨을 스치며
귓가에 속삭이는 말
저만치서 가을이 찾아오고 있으니

여행 가방 꾸리라고 재촉한다

불면증

장소 시간 구애 없이
눕기만 하면 잠들기에
잠이 안 와 못 잔다는 사람들을
부러워한 적도 있었다

해야 할 공부도 많고
배우고 싶고 해보고 싶은 것들이 많기에
하루가 48시간이면 좋겠다는 생각도 했다

잠자면서도 공부한다고
테이프 틀어놓고 자기도 했지만
그렇게 해도 공부가 될 리 없는 것을
알면서도 미련을 버리지 못했다

퇴직하고 시작된 불면이 찾아왔다
직장 다닐 때 꾹꾹 눌러 놓았던
용암이 들끓기 시작했다

이런저런 피해를 많이 보았지만
그냥 잘 참고 살았다고 생각했는데
억지로 참고 살았던 것이 폭발한다

농짝을 발로 차고 고함을 지르며 싸우니
강아지들이 도망가고 가족들이 깬다

잠을 안 자려고 해보고
오래 자기도 해봤지만 소용이 없다
남에게 피해를 줄까 봐
좋아하는 여행도 안 간다

시간이 약인 줄 아는데
자꾸만 조급해진다
빨리 스트레스에서 벗어나서
꿈꾸지 않는 깊은 잠을 자고 싶다

편안하게 하고 싶은 일을 찾으며

비 오는 백로白露

십승지에 사는 누님 집 처마 밑에
저수지 수면에 물장구를 치며 낮게 날던
올해 두 번이나 새끼를 친 제비가
며칠 전부터 보이지 않는다

내년에 온다는 약속도 없이
강남으로 돌아가는 본능에 이끌려
새끼들을 데리고 떠났다

저수지에는 아직
교대할 기러기가
날아오지 않았는데
코로나는 물고 떠나갔겠지

비가 내린 15번째 절기
백로인 오늘 풀잎에 맺힌
싱그러운 흰빛 이슬을 볼 수가 없다

백로에 비가 내리면
십 리 천 석을 늘린다. 라는 옛말에
대풍이 든다고 좋아하며

벼 이삭을 살피며 논두렁을 탄다

대지를 적시는 빗물로
코로나 깨끗이 씻어가고
오곡백과가 풍년들게 하소서

축복 속에 건강하기를 기원한다

사랑에 안겨 흐르는 인생

지친 몸 기대며 길게 내쉰
한숨 속에 절망이 흐느적거리고
두 볼 타고 흘러내린 고난의 흔적

축 처진 어깨 위로
지나던 바람 살며시 다가와
뺨 어루만지고 어깨 토닥여주네

바람과 함께 떠나는 구름에
절망과 번뇌를 태워 보내고
스르르 감긴 눈 깜빡 졸다
천둥소리에 놀라 주위를 살핀다

번갯불이 밝혀주어 살펴보니 구름 속
포근하게 안아준 고마움에 떨어진
눈물 한 방울 사랑 되어 대지를 적시네

땅속 웅크린 씨앗 깨워
새싹 틔워 영양분 빨아들이고
태양이 베푼 햇살 가득 받으며
힘차게 하늘 향해 솟아오른다

묵묵히 참고 이겨낸 고난의 세월
자연의 사랑으로 맺힌 풍성한 열매
어두운 곳 밝히며 나누며 베풀자
또 다른 너로 인해 미래가 밝다

사연

저마다의 사물은 사념이 있고
어깨 부딪히며 웃고 살아도 사연은 있다

자기의 성공을 알아 달라
만날 때마다 자랑하는 사연

남에게서 잊힐까
모임마다 참석하는 사연

그 이름 잊어버릴까
백지만 보면 여백을 채워가는 사연

그 얼굴 잊힐까
까만 눈동자에 꼭꼭 숨겨두고
그리움은 가슴 파헤쳐
심장에 심어둔 사연

슬프고 서글픈 상처를
쓰다듬어 고이 접은 종이학
이루지 못한 애절한 사랑의
상처를 뇌에 새겨둔 사연

손길마다 남도와 세상을 밝히며
차곡차곡 저축하는
통장에 찍힌 아름다운 사연

오늘도 사연을 담아가며 산다

목숨은 건졌으나 알거지가 되었다

키보다 큰 삽으로 땅 파서
구덩이 가운데 놓고
부드러운 흙으로 채운 뒤
뿌리가 바로 펴지도록
살포시 들어 올려 심었다

썩어가는 낙엽 긁어 넣어주고
흙을 잘 덮고 다시 낙엽으로 덮어
잘 자라라고 작은 발로 꼭꼭 밟아주었지

내가 심은 나무가 잘 크나
멀리서 지나가면서 살펴보면
흔들흔들 손짓하며 안부 전하더니

누가 먼저 하늘에 닿나
친구들과 키 재기 하며 커서
우람한 풍채를 자랑했는데

엄청난 화마가 앞산에서 날아와
온 산을 감싸안고 힘자랑하네
떠돌던 바람이 구경하러 다가오니

화마가 신이 나서 불꽃놀이하고 논다

작은 불꽃 만들어 바람에게 던져주니
철없는 바람이 마을로 던지고 놀아
온 동네 집에 불이 붙어
비명소리 가득한 화탕지옥이 되었다

아무것도 못 챙기고 맨몸만 빠져나와
걸음아 날 살려라 겨우 피해 쳐다보니
화염에 싸인 집이 울면서 무너진다

억장이 내려앉고 눈앞이 캄캄하며
다리가 풀려 그대로 주저앉는다

남에게 피해 안 주고 착하게 살았는데
멍청한 자가 지른 불에 산천을 태우고
죄 없는 사람들의 전 재산을 태웠네

목숨은 건졌으나 알거지가 되었다
신이시여 부디
살아서 지옥 체험하였으니
죽어서는 극락왕생하게 해주소서!

네가 보는 인생 역사

세상을 바로 보고 있나?

눈으로 보는 것을
네가 보는 줄 알지만 실은
마음으로 봐야 바로 보이는 거지

배고프면 맛있는 냄새만 느껴지고
눈에는 먹을거리만 보이지?

마음이 아프면 고통스럽게 보이고
네가 슬프면 세상이 슬퍼 보이지만
네가 기쁘면 모두 아름답게 보인다

그날의 관심사에 따라
네가 보는 하루가 인생의 역사가 된다

오늘도 바르게 보고
바르게 느끼고 긍정적으로 시작하자

수지受持*

번쩍 머리에 번개가 친다

깊이 새겨져 영원히
잊히지 않을 줄 알았다

한순간 눈 돌리니 어디 가고 없다.
숨바꼭질할 것도 아닌데
한눈팔았다고 찾지를 못하네

온 사방을 헤매어도
도저히 찾을 수 없다

늘어져 돌아가는 발길에
툭 차인 발자국이 히죽이 웃고 있다
나도 따라 웃었다

*수지受持: 경전經典이나 계율을 받아 항상 잊지 않고 머리에 새김

쉬운 시詩는 없다

너도 읽고
나도 읽는 시

너도 느끼고
나도 느끼는 시

네 마음속에
내 마음속에
깃들어 있는 시

너도 쓰고
나도 쓰는 시

습관

하던 대로 하면
하던 대로 살아가고

하는 것을 바꾸면
하던 것이 바뀐다

살던 대로 살면
살던 대로 살아가고

살던 것을 바꾸면
새로운 삶을 산다

새로움이 익는 시간
21일만 싸워보자

지난날 후회 말고
새롭게 살아보자
나의 습관아

시집을 못 낸 변명

초보자라 잘 못 쓰는 시이니
첫 시집의 표지는
무한대를 그린 바탕 위에
시작 시작으로
제목을 회전시켜 넣어서
출판해야겠다고 오래전부터 생각했다

처음 시작始作하여
시작試作하는 시집이라 시작이 반
시작詩作으로 제목을 지었는데
시작時作하지 못했다

시작始作
처음 만드는 시집이라
머뭇거리지 말고 편집을
시작했어야 함에도

시작詩作
졸작의 시가 시간 지난다고
좋은 시로 성장하지 않는데

시작試作
첫술에 배부르지 않으니
그냥 시집을 냈어야 함에도
언제 성숙하게 시를 써서
시집을 내려고 했던가

시작時作
시작하지 않아
다른 시인이 신문에 시작으로
시를 발표한 걸 보고 말았네

사람의 생각은 비슷하니
때에 맞추어 작업을 해야 하는데
망설이다가 기회를 놓쳤다

그래도 다시 시작始作하자
좋은 시를 쓸 때까지
시작詩作하자
시간 날 때마다 시작時作하자

아파트의 고향

단양의 석회석 광산에서
떨어져 나온 바윗덩어리
왜 맞는지 영문도 모른 채

포클레인 쁘레카에 맞아
산산조각 깨지고 부서져서
트럭에 실려 이동하여
고로 속으로 들어갔다

1,500도가 넘는 불길과
쇠구슬을 피해
이리저리 도망 다니다가
기어이 고운 가루가 되어
포장되어 떠나온 고향

미리 온 자갈과 모래의
반가운 마중 속에
여기가 어디냐고 물어보기도 전에

남한강 물줄기 타고
한강으로 흘러온 고향 물이

반갑다고 달려들어 젖은 몸이
자갈 모래의 옷이 되어
서울의 아파트가 되었다

아무도 모르게
태백산 속 줄기에 묻혀 있다가
전 세계가 다 아는
한강 옆의 산이 되었다

어물전

자유 시장 모퉁이 어물전에는
태평양 바다가 있다

북극 빙하 위 생선들이
태평양 바다를 그리며
꿈속에서 친구를 본다

해안에는 꽃게가 자리 차지하고
그 옆으로 주꾸미 꼴뚜기
낙지가 줄을 서면
물메기 도미 대구 조기
왕새우 해삼 갯장어 명태 가자미
고등어가 한자리씩 차지하고
눈동자를 반짝이고 있다

배를 드러내고 벌러덩 누운
가오리는 손님들에게 웃음을 선물하고
반짝이는 은빛 날개옷 자랑하는
갈치가 가운데서 자태를 뽐내고 있다

주인을 기다리는 제철 주꾸미

새조개가 속삭이는 유혹에
가는 걸음 멈춘 길손이 지갑을 연다

태평양 바다 냄새가
집안을 가득 채우고
혀끝을 간질이며 아삭거리는
새조개 맛에 행복이 찾아온다

엄마의 텃밭

안방 옆 텃밭은 엄마의 놀이터
내 키보다 두 배나 큰 윗집 축대 위로
자태 뽐내며 올라가는 호박 덩굴마다
활짝 핀 꽃 속을 탐구하는 호박벌의 향연

밤 되면 수줍음 간직하고
하얗게 피어나는 박꽃은 엄마의 자태

천둥 번개로 한여름 낮을 뒤흔들고
소나기 한줄기 지나고 나면
박과 호박들이 서로 얽히어
누가 더 크게 자라나 내기한다

바람에 하늘거리는 연한 잎줄기
새파랗게 기지개 켜며 쑥쑥 자라나서
아침마다 된장 속에 모습 드러내는 부추 세 고랑

봄이면 작은 축대 위
앙증맞은 앵두가 빨갛게 익어가고
노란 국화꽃 흐드러지게 피는 가을
진한 향기 품고 화전花煎 속에 숨어 있네!

위 밭보다 세배나 큰 아래 밭은
고추, 상추, 얼갈이배추, 깻잎, 차조기 한 줄
얼기설기 엮은 나뭇가지 타고 오르는 오이가
줄줄이 열리면 시원한 샘물로 냉채 만들고
고추장 된장에 꽁보리밥도 달고 맛있었지!

울타리 따라 심은 옥수수 큰 키 자랑하면
알차게 익은 옥수수 꺾어 삶아주셨지
툭 터지는 달콤한 옥수수 맛에
일찍 떠난 엄마가 보고 싶다 엄~마~

4부

하늘을 헤엄치는 물고기

연리지

엄마 일찍 외롭게 계신 산에
아버지 옆자리에 찾아가셨으나
토성土城이 가로막혀 같이 있지 못하여

못다 한 그리움
손 내밀어 마주 잡고
두 몸이 한 몸 되어
만남의 기쁨을 나누네

보기만 해도 만남이 연상되는
사성莎城의 소나무 연리지
제삿날이나 벌초하러 해마다 가도
그렇게 자랄 때까지 자식들은 몰랐네요

숲 사이 숨겨두었다가
이제야 보여주시는
그 뜻을 자식들은 아직 모릅니다
다만 짐작만 할 뿐,

우리는 손잡고 잘 지내시고 있으니
너희들은 아무 걱정 말고

자식들 잘 키우고
하는 일 잘하라는 당부 말씀 알리고자
연리지 되어 우리를 반긴다

오타

작성할 때 틀리지 않았다
틀린 것 있나 확인했는데 없었다
다시 확인해 봐도 없었는데

왜? 결재받으러 가면
결재판이 거꾸로인데
틀린 글자가 보이는지

상관들은 슬쩍 보고
어떻게 콕 집어내는지
참으로 알 수가 없었는데

장기판이나 바둑판의 판세를
훈수 두는 사람이 잘 보듯이
제삼자 입장에서 보니 금방 찾아낸다

밤새 설계한 것을 1원이 안 맞아서
계산기 두드리며 끙끙거리다가
다른 사람에게 보게 하니
눈으로 훑었는데 5분 만에 찾는다

뇌에 단어 단위로 입력이 되어있어
단어 안의 글자가 틀려도
본인은 인식하지 못하고 정상적으로 읽기 때문이다

어떤 일이든지 눈앞에만 몰입되어
좁고 짧은 시각으로 보지 말고
멀리 넓게 미래를 보라고 오타가 주는
세상의 이치이고 교훈이다

올챙이

갈아엎은 논배미 소 발자국
고인 물 작은 세상 보름달 조각
올챙이, 물장군, 물벼룩, 실지렁이

큰 논바닥 허기지는 웅덩이 안
턱 못 넘은 곁길로 달 훤하게 밝히면
이틀 만에 보금자리 다 말라 없어질 것도 모른 체
작은 입 오물오물한다

정중지와井中之蛙 되기도 전에
소 발자국 올챙이 생을 마치랴
고사리손 물길 터주니
신나게 헤엄쳐 우주로 나아간다

논두렁 타고 온 늦은 봄
진수성찬 즐기는 한새汗賽 떼
저리 가라 내쫓는 날 원망치 마라

어미 잃은 내 맘을 헤아려주어
훌쩍 지난 유년 시절
울지 않고 잘 크고 있다

하늘 오르는 길 엄마에게 전해다오

와송

지붕 위에 사는 지붕 지기* 가족들
엄동설한**과 삼복염천***의 세월을 보내고도
의기양양하게 꽃을 피워 씨 뿌리는구나

한겨울 눈 덮이고 꽁꽁 언 엄동설한
차가운 기왓장에 붙어서도 얼어 죽지 않고
한여름 폭염 속 뜨겁게 달아오른 기왓장에서
피어나는 열기가 하늘하늘 올라가는
삼복염천의 세월을 보내고도
기왓장 위에 얇게 깔린 세월의 먼지 속에
뿌리를 내려 살아가는구나

누군가 잡초는 아무리 밟아도 죽지 않고 살아나
불굴의 정신을 상징한다고 하지만
너야말로 자연의 박해와 척박한 환경을 탓하지 않고
불굴의 정신으로 살아가는구나

토혈을 치료하는 혈장제로 쓰이다가
항염증제로 간염 등을 치료 효과 있다 하니
자신의 목숨 바쳐 뭇사람을 살리니
그 고마움에 칭송이 자자하구나!

너를 보며 자란 나도 너만치는 아니지만
내 나이에 맞지 않게 온갖 고생 하였으니
고생하는 사람들이 내 글 보고 용기 얻어
밝은 세상 살아가게 한 점 보태주고 싶다

*지붕 지기 : 바위솔, 와송瓦松.
**엄동설한嚴冬雪寒 : 눈 내리는 한겨울의 심한 추위.
***삼복염천三伏炎天 : 삼복 무렵의 몹시 심한 더위

유성(별똥)

태초부터 수억 만년이나
살았던 별이 지고 있다
그 긴 삶의 여정이 찰나로 끝났다

우주의 비밀을 간직한 채
먼 은하 속으로 보금자리 찾아갔다

오백 년도 못사는 인간들은
희망과 절망의 롤러코스터를 타면서
지구에서 긴 삶을 살고 있다

우주의 티끌보다 못한 존재가
만물의 영장이라 우기면서도
너에겐 축복을 달라고 소원을 빈다

나도 슬며시 소원을 빈다
너의 흔적인 운석이 나에게 보이기를

이것이 무엇인가?

보이는 형상形像을
가진 것들은
저마다 이름이 있지만

보이지 않는다고 해서
사라진 것도 아니고
이름이 없는 것도 아니다

내 앞에 없다고 하여
이름이 없어지는 것도 아니고
보이지 않는다고 해서
없어진 것도 아니다

진심으로 원하는
그리는 그 마음으로
영원히
내 마음속에 남아있다

향기처럼 그림자처럼 바람처럼
나타났다 사라졌다 하면서
틈만 보이면 나를 들었다 놨다 한다

이팝나무꽃

산책길에 만난 이팝나무 가로수
하얀 이팝꽃을 보다가
꽃송이 속으로 어린 시절로 갔다

부엌 시렁의 대나무 소쿠리
삼베 밥상보에 덮인 꽁보리밥
나무 주걱으로 한 귀퉁이 덜어
우물에서 길러온 찬물에 말고
텃밭 풋고추 된장 찍어 먹는다

찬물에 놀란 보리밥 알갱이들이
입안에서 도망 다니고 독기 가득 품은
풋고추가 호통을 치면 목줄기 타고
구르며 넘어간다

설날, 추석날, 제삿날 외에는 못 보던 하얀 이밥
앞산의 이팝나무는 이밥 광주리 되어 나를 부른다

고봉으로 푼 하얀 이밥에 간 고등어 한 마리
통째로 머리부터 꼬리까지 아니 뼈까지
꼭꼭 씹어 삼키며 먹을 것을 다짐했다

그렇게 먹고 싶어 하던 이밥은
잡곡밥에 밀려 먹어본 지가 언제인지 모르고
농사짓는 고생을 알기에 밥알 한 톨 남기지 않고
스님들 공양하듯 깨끗이 먹는 습관에
체형이 변하여 아침마다 체중계의 잔소릴 듣는다

부모님 산소 갔다가 큰 누님이
산에 핀 이팝나무를 보고
“우리 동네에는 없는데 캐갔으면 좋겠다” 하시는데
그냥 캐드려도 되는데 그 마음 알기에
캐 가면 집에 가다가 죽는다고 괜히 심술을 부렸다

눈길을 거두지 못하고 바라보는
그 모습이 맘에 걸려 이팝나무를 배달시켰다
잘 크고 있는지 꽃이 많이 피었냐고
물어보고 싶지만 통화가 끝나도록 묻지 못했다

추억이 된 지난날의 아픔
이 세상에 굶는 이들이 없도록 기도한다

일월산

동해 백 리 길에 1,219미터
내륙에 우뚝 솟은 일월산

낮에는 태양의 기 흠뻑 받아 갈무리하고
밤에는 달빛 별빛 가슴속에 갈무리하네

12선녀 거느린 사이비 교주 쫓아내고
황씨부인당이 국태민안 기원하며
휴전선 넘어 날아오는
붉은 철새鐵鳥 잡기 위해

하얀 모자 속에 감춘 새총
하늘에서 땅끝까지 샅샅이 비추며 기운을 쏟아낸다

자귀나무

산비탈에서 정원에서
폭죽놀이 하는 나무
쏘아 올린 불꽃 향기 맡고
호랑나비 찾아왔다

바위에 잎을 치면
수박 냄새 참외 냄새
배고픈 목동이 트림을 한다

소가 잘 뜯어먹는 소쌀나무
장마가 오기 전에 꽃을 피워
비단도리를 시키는 나무

해가 지면 펼쳐진 잎이
서로 마주 보며 접혀져서
부부의 화합과 금실을 상징한다

떨어진 잎마저 오색 빗자루 되어
내 마음속 욕심을 쓸어내리다

자주색 도라지꽃

우연히 마주친 봄날의 인연
햇살 속 너는 자주색 도라지꽃
수줍은 눈빛 사락거리는 미소
우리는 서로의 계절이 되었어

첫눈에 반한 사랑은
말보다 먼저 마음을 건넸고
손끝이 닿을 때마다
세상은 포근하게 감싸주었지

꽃은 언젠가 시들어서 지고 마는 것을
우린 너무 늦게 알았어
바람이 멀리 데리고 간 뒤에

지금은 다른 길을 걷는 우리지만
자주색 도라지꽃을 보면
가끔은 그날의 네가 떠올라
내 마음 깊은 곳이 아려와

사랑은 끝났지만
그날의 봄은 아직 내 안에 살아

너도 기억하겠지
처음 서로를 바라보던 그 순간을

주암정

아홉 구비 돌아드는 문경새재 계곡에
정자로 돛을 만든 돛단배 한 척

뱃머리 향한 곳 어디냐?

가고픈 맘 다잡아
바위로 배 만들고
정자로 돛을 지어

연잎파도 헤치며 태평양으로
빙하를 깨면서 임 찾아 항해한다

임 그리는 애절함에
꽃잎들이 그린 얼굴
바람이 시기하여 흩어버리네

잉어 떼가 다시 그린
임의 얼굴 보니
눈물이 진주 되어 굴러 내린다

돛 정자 장작불로

따뜻하게 데웠으니
비탈진 지름길로 빨리 돌아오소서

짝사랑

허락도 없이 마음 줘놓고

답장 없는 안타까움과
보고 싶은 그리움

지나가는 바람에
너의 안부를 물어본다

청춘

그대 모습 보이지 않고
그대 향기 사라져
그대 흔적 찾을 수 없네

바람이 머물다 간 듯
구름이 떠돌다 간 듯
향기만 떠다니다 갔는지
그대 흔적 찾을 수 없네

그대의 목소리 메아리 되어 울리고
그대의 미소는 구름 따라 떠돌고
그대 향기 바람 따라 떠나가는데
그대 손길 물결 되어 퍼지네

천년바위 되어 그 자리
항상 있을 것 같았는데
떠나고 나니 찾을 수 없네

흔적이라도 남겨두고 가지
그대 머물던 자리 어디였던가?

참 안타깝다

버스 정류장 담 모퉁이 으슥한 곳
지나가는 사람들 쳐다보곤 외면하고 간다
나도 몰래 가는 눈길 따라가 보니
바닥에 꽁초, 뱉어 놓은 가래침
오만상이 찌그러진다

까까머리 총각도 아닌
떠거머리 총각은 더욱 아닌
단발머리 여성이 앵두 같은 빨간 입술로
하얀 뭉게구름을 만들고 있다

올해는 비가 자주 내려 가뭄 걱정 없으니
인공 구름을 만들지 않아도 되는데
아마도 많은 비가 올 것 같으니
비 피해 없도록 점검을 단단히 해야 하겠다

혀를 차고 지나가는 사람들은 허수아비가 되고
어쩌다 훈계하면 손가락에 구름과자 끼고서
두 눈 치켜뜨고 경멸하는 눈빛으로
꼰대들은 자기 갈 길이나 가라고 한다

가족이 뿔뿔이 흩어져 살던 산업화시대
둘만 낳아 응석받이로 키운 핵가족화
전통방식의 밥상머리 교육이 없어지니
부모도 제 자식을 어찌할 수 없구나

생명을 잉태할 소중한 우주의 보물인
자기의 가치를 모르고 자발적으로
독극물을 투여하고 있으니 이를 어쩌랴

엄마 뱃속에서 받고 나온 아기씨가 오염되면 어쩌나
그 젖값 죽을 때까지 갚아야 하는데
자식을 다 낳고 시작해도
반평생을 피울 수 있는데 뭐가 그리 급할까?

첫차를 기다리는 풍경

첫차를 타려고
새벽 4시에 집을 나선다

한산한 길거리를 이동하는
사람들의 발걸음은 바쁘고

총각네 야채가게는
농수산물도매시장에서
사 온 과일을 진열 준비 중이다

개찰구는 한산하고
노숙자 두 분이 화려했던 과거로
시간여행을 하고 있다

대기 손님이 몇 분밖에 없던
승강장은 이 글은 쓰는 동안 가득 차서
이 인원만 타도 만 차가 될 것 같다

흰 눈이 내려서 서릿발로 변한
머리칼을 쓸어 올리며
환한 미소 지으며 동행자와

담소를 나누는 할머니

유럽 여행을 가는지
큰 가방을 굴리며
휴대폰 속으로 여행 중인 젊은이

오늘 일에 대한 역할을 나누고 있는
현장근로자 차림의 기술자들

들고 메고 안은 가방에
들어있는 꿈을 키우기 위해
새벽부터 바쁜 하루를 맞는다

추석 귀향

저 멀리 있더니
어느새 다가와서 속삭인다

빨간색 칠해서
며칠간 놀게 해주니까 좋지?

그립던 고향 까마귀
만나러 가니까 좋지?

물장구치고 놀던 친구들 만날 생각에
막히는 길도 짧게 느끼는
축지법을 쓰며 간다

안부 묻고 떠들며 나누는
막걸릿잔에 피로를 털며
축하와 위로의 시간을 나눈다

다시 올 명절에 만나자며
아쉬움 뒤로하고 동구 밖 나올 때
트렁크 가득 정성과 향기가 담겨온다

어릴 땐 소똥 냄새
싫다고 난리 치더니
품속 가득 고향 냄새 채우고 온다

어떻게 변했을까 궁금해하던
고향 산천 둘러보고
밟아보고 오니까 좋지?

대답 대신 늙은 황소 미소 지으며
먼 하늘 뒤져 부모님을 찾는다

추어탕

털래기 논두렁 또랑 모퉁이
청담 송담 자연산 할매 황금 언덕 집
재료는 미꾸라지이지만
식당 이름은 여러 가지다

벼농사가 끝나고 논물을 뺄 때
미꾸라지 잡아 끓여 먹던 추어탕

겨울나기 위해 영양분을 축적하는 시기라
가을에 가장 맛있어서 추어탕이라고 하며
가을 겨울에 제맛이 난다고 하지

각종 비타민 칼슘 무기질이 풍부하여
예로부터 자양강장 정력증진
몸보신 음식인데

조선시대 양반들이 진흙 속에 사는
천한 미꾸라지는 음식이라 먹을 수 없다고
큰소리치다가 한밤중에 안방마님이
몰래 야식으로 들이는 음식이었다 하네

미꾸라지를 통으로 넣고
채소와 양념 넣어 끓인 통추어탕
뼈째 갈아먹는 전라도식 추어탕

모양과 조리법은 달라도
서민들의 허기진 배
채워주던 추어탕으로
푸석하던 얼굴에도 기름기가 돌아온다

하늘을 헤엄치는 물고기

일 년에 한 번 부처님오신 날
절 문을 여는 문경 희양산 봉암사
극락전 추녀 끝에 매달린 물고기

풍경소리 연주로 고요한 절집
시름을 달래주던 동판 붕어는
은하수 흐르는 새벽하늘을 날아
마애보살좌상 앞 작은 소沼에서 합장한다

지나가던 바람이 문풍지 두드리며
붕어가 날아가더라. 일러주는데
누구도 붕어를 찾지 않는다

쉬지 않고 헤엄치며
고행 수도하여 해탈한 천년세월
노스님과 동자승이 눈빛을 반짝이며
대오각성하여 성불을 이루리라
부처님 미소를 짓는다

허물

네가 나와 한 몸일 땐
거짓이 없었다
믿음을 지키기 위해
강인함을 조각하는 것을

너의 순수함이 떠나갈 때
정지 없는 시선은 무겁고
눈동자가 말을 했다
애틋하게 매달린 흔적

멀어지는 너를 보내며
멋지게 살자고 연습했다
이제는 너를 지운다
세월 자락에 이별도 보내고

시린 하늘에 마음도 덮었다

하지夏至 풍경

집을 끼고 모롱이 돌아 저수지 위 감자밭
움튼 감자 심고 비닐 덮어 키운 100일
아침마다 주인의 발소리 듣고 자라
감자꽃 지고 한 달 후 감자를 캔다

감자 싹을 베어내고 비닐을 걷으니
땀방울이 사랑으로 알알이 영근
성질 급한 흰 감자가 고개를 내밀고
하얀 뺨을 드러내며 환하게 웃는다

한편에는 연지 곤지 바른 새색시가
빨간 볼을 내밀고 햇볕에 부끄러워
두리번거리며 살피는 자주감자가 귀엽다

따가운 햇볕에 잉어 떼도 풀 그늘로 숨어버린
적막한 저수지 위로 고추잠자리 재주부리고
가끔 부는 바람 뜨거운 지열을 퍼 나른다

작년에 호미로 종일 캐던 것을
감자 캐는 기계로 한나절에 다 캤다
온 밭 가득 널린 감자들을

크기별로 상자에 담아 포장하여

땀에 전 옷이 마르기도 전에
서울 아들네, 딸네, 창원 사돈네, 대전 동생네…
수확량의 반을 보낸다

흘린 땀방울만큼 알알이 달려 맺힌 사랑
객지에 사는 자식에게 먹이고픈
어미의 사랑이 바람을 앞질러 달려간다

흔적

바람이 머물다
구름이 떠돌다 간 듯
향기만 가득 머무는데
그대 흔적 찾을 수 없네

미소는 구름 따라 떠돌고
눈가에 선한 그리움
흩어진 슬픔 보듬고
그대 손길은 흔적을 잡아끈다

항상 그 자리
그대 있을 것 같았는데
떠나고 나니 찾을 수 없네
미련이라도 남겨두고 가지

인고忍苦의 시간이 백지다

일상과 추억 속의
실존적 자아 탐색

손해일(시인·문학박사·국제펜한국본부 제35대 이사장)

일상과 추억 속의 실존적 자아 탐색

손해일(시인·문학박사·국제펜한국본부 제35대 이사장)

1. 머리말

김승균 시인의 첫 시집『뿔 난 자리』발간을 진심으로
축하드린다.

인간에게 첫사랑, 첫 경험, 첫 시집 등 '처음'이라는 의
미는 아주 소중하게 오래 각인된다. 처음이라 서툴지만
그만큼 설레며 정성을 다하기 마련이다. 김승균 시인은
《시와창작》을 통해 2019년 시인 등단, 2020년 수필 등단
으로 비교적 일천한 문인 경력에도 이번 시집을 내는 데
대한 소회를 다음과 같이 밝히고 있다.

"시작試作/ 첫술에 배부르지 않으니/ 그냥 시집을 냈어
야 함에도/ 언제 성숙하게 시를 써서/ 시집을 내려고 했
던가…// 사람의 생각은 비슷하니/ 때에 맞추어 작업을
해야 하는데/ 망설이다가 기회를 놓쳤다// 그래도 다시
시작始作하자/ 좋은 시를 쓸 때까지/ 시작詩作하자/ 시간
날 때마다 시작時作하자// ―「시집을 못 낸 변명」일부

그러나 등단연수에 비하면 그다지 늦지 않았다. "구슬이 서 말이라도 꿰어야 보배"이니 거듭 축하드린다.

김 시인은 문단 경력 외에 일반 사회경력에서 보듯 다양한 분야의 '멀티플레이어'이다. 30여 년의 공무원 봉직, 행정학박사, 행정사, 안전분야와 스피치 분야의 명강사 자격, 대학강사, 시낭송가 자격 등이 치열하게 살아가는 그의 행보를 말해준다.

2. 자아自我 '참 나'를 찾아가는 도정

이번 시집의 특징을 필자 나름대로 규정하면 "일상과 추억 속의 존재론적 자아 탐색"이라 하겠다. 특히 불교적인 관점을 바탕으로 하고 있다. 불교에서 '화두話頭'는 "말이 일어나기 이전의 근본 의문"인데, 이를 붙잡아 깨달음으로 들어가게 하는 "참선(간화선)의 핵심 수행도구"이다. 논리적 사고, 철학적 해석, 암기처럼 지식으로 푸는 게 아니라, "알 수 없다"는 의문 그 자체를 온몸으로 들고 가는 수행이다. 화두의 예를 들면 (1)무無자 화두 (2)이 뭣고? (3)부모에게서 나기 전 나의 본래 모습은 무엇언가? 등이다.

김시인의 작품 중 「이 뭣고」「이것이 무엇인가?」「물음표」「마음의 눈으로 찾는다」「네 안에서 찾아라」「나도 모르는 속삭임」「관觀」「네가 보는 인생 역사」「뿔 난 자리」「수건 털기」「마음의 빛」「수지」「수행」 등이 자아탐

색의 유형이다.

참고로 프로이트 심리학의 요체는 ⑴심적 결정론: 인간의 행동은 우연히 일어나는 게 아니라, 그 행동에 선행하는 무엇인가가 있다. ⑵무의식의 원리: 그 행동의 출처가 무의식이다.

프로이트는 인간정신을 의식, 전의식, 무의식의 3중구조로 파악하고 있다. 또한 인간 성격을 이드(id), 자아(ego), 초자아(super ego)의 3가지 기본구조로 나누었다. '이드'는 본능적이고, 충동적이며, 생물학적인 쾌락원리의 구성성분이다. '자아(에고)'는 성격의 집행자이며, 경영자이다. 자아는 성격의 조직적, 합리적, 현실 지향적이다. 초자아의 임무는 유기체를 온전히 유지시키는 것이며, 이드의 욕구를 만족시키는 것이다. 초자아는 인성 중에서 도덕적 재판적 기능을 수행하며, 무엇이 선이고, 악인가를 판별하는 기능을 가진다.

불교에서 "이 뭣고" "나는 누구인가?"라고 하는 실존적 '자아찾기'가 화두라면, 서양 심리학에서는 이 '자아'를 보다 세분화하고 있다는 점에서 대비된다.

보이는 형상形象을／ 가진 것들은／ 저마다 이름이 있지만//

보이지 않는다고 해서／ 사라진 것도 아니고／ 이름이 없는 것도 아니다//

내 앞에 없다고 ／ 이름이 없어지는 것도 아니고/

보이지 않는다고 / 없어진 것도 아니다//
진심으로 원하는/ 그리는 그 마음은 영원히/ 내 마음
속에 남아 있다//.
향기처럼 그림자처럼 바람처럼/ 나타났다 사라졌다
하면서/
틈만 보이면 나를 들었다 놨다 한다//
—「이 뭣고」 전문

김 시인의 「이 뭣고」는 불교의 간화선이며 '무無'에 대
한 화두이기도 하다. "보이는 형상形象을/ 가진 것들은/
저마다 이름이 있지만" 안 보인다고 해서 사라진 것도,
없는 것도 아니다. 또한 내 앞에 없다고 해서 사라진 것
도, 이름이 없는 것도 아니다. 진심으로 원하고, 그리워할
때, 내 마음속에 남아 있다. 그런데 이 화두는 아직도 내
마음을 혼란스럽게 한다. 그래서 오늘도 나는 「물음표」
에서처럼 "나는 누구인가?"를 끝없이 자문한다.

오늘도 나는 묻는다/ 나는 누구인가?/ 나는 나일까?/
나의 나는 어디에 있을까?
나라고 여기는 나는 누구일까?/ 나는 나를 찾기 위해/
매일 여행을 떠난다/
발길 잡아끄는 너?//
—「물음표」 전문

김 시인은 수행의 방편으로 "나는 나를 찾기 위해" 오늘도 나그네 여행을 떠난다.

눈감고 앉아 나를 들여다보자/ 오만가지 내 생각을 보자//
귀중한 줄 모르고 함부로/ 다룬 내 마음을 보자//…
나를 살리는 내 몸을 관하자/ 그리고 쓰다듬어 주자 고마움으로//
　　—「관觀」 일부

평소에 참선이나 묵상을 하며 "눈 감고 앉아 나를 들여다보면 오만가지 생각이 나지만" 나를 살리는 내 몸을 「관觀」하자고 다짐한다.

깨끗이 씻은 몸 닦기 전/ 세상 찌든 먼지 묻을까 수건을 턴다//…
오늘도 삼천대천세계에/ 우주 삼라만상이 안전하고/
나와 연이 닿은 모든 분이 행복하고/ 지구별에는 코로나로 고통받는 이 없도록/
병이 빨리 종식되기를 두 손 모아 기도한다//

—「수건 털기」 일부

　김 시인은 씻은 몸을 닦기 전에 세상 찌든 먼지 묻을까 하여 수건을 턴다고 한다. 그리고 우주 삼라만상, 삼천대천세계의 중생들이 복 받기를 기원한다.
　「수지受持」는 불교에서 경전이나 계율을 잊지 않도록 머리에 새기는 것을 말한다. "번쩍 머리에 번개가 친다." 그러나 실상은 깊이 새겨져 잊히지 않을 줄 알았지만, 온 사방을 찾아도 없다.

　지나가는 바람이 전해주는/ 세월의 이야기를 듣다가/ 누구든 안고 가야 할 길//
　가까운 곳에 두고/ 멀리 찾아 헤매다 힘 부친 일상/ 쉬어가라 하늘과 땅이/ 알려줘서 나를 다시 찾는다//
　세상의 고통 원인 알아차리고/ 억겁의 원죄 찾아/ 공덕 쌓아 소멸시키고//
　마음 창고 크게 지어/ 모질지 못한 방편에 기대어/ 나를 찾아 가두는 것//
　—「수행」 전문

　김 시인이 인지하는 '수행'이란 수많은 시행착오를 거치면서도 '이 뭣고?'라는 방편 들고 "나를 찾아 가두는 것"

이라 결론짓는다.

　　내 전생은 황소였던 것 같다/ 삶을 되돌아보니/ 고사
리손 어릴 때부터 일하고 살았다//
　　직장에서도 가는 곳마다 일이 많아서/ 눈만 뜨면 일하
는 소의 일생과 같았다//
　　동작이 굼뜨고/ 덩치 크고 목소리 크며/ 고기보다 야
채를 잘 먹고/
　　좋은 일이 있으면/ 슬며시 황소웃음 짓는 것도/ 소와
많이 닮았다//
　　신기하다!/ 뿔 났던 자리가 가렵다/ 나도 모르게 손이
올라갔다//…
　　가려운 부위를 더듬어보니/ 양쪽 다 가려운 위치가/
뿔 난 자리와 일치했다//
　　약을 발라도 없어지지 않는 것은/ 아직도 해야 할 일이
많으니/
　　소처럼 열심히 살라고/ 메시지를 보내는 것이리니//
　　운명이라 받아들이며/ 오늘도 후회하지 않도록/ 삶의
페이지를 채운다//
　　―「뿔 난 자리」일부

불교의 화두 중에 부모에게서 나기 전 나의 전생은 무
엇이었을까? 라는 물음이 있다. 김 시인은 「뿔 난 자리」

에서 "내 전생은 황소"였을 것이라고 스스로 단정한다. 고사리손 어릴 때에도, 직장에서도 우직하게 일만 했고, "동작이 굼뜨고/ 덩치 크고 목소리 크며/ 고기보다 야채를 잘 먹고/ 좋은 일이 있으면/ 슬며시 황소웃음 짓는 것도/ 소와 많이 닮았다"

소처럼 뿔 난 자리가 가렵다. 김 시인은 이것을 운명이라 생각하며 후회 없이 살겠다고 다짐한다.

3. 일상과 추억 속의 서정 여행

젊은이는 미래에 살고 노인은 옛 추억에 산다고 한다. 이번 시집에도 일반 서정시들이 주축을 이룬다. 일상에서 부딪치는 온갖 세상사와 함께 고향 풍물과 가족, 이웃 간 추억의 시편들이 있다.

(1)일상시편은 「지하철」「골든타임」「원고청탁」「오타」「새벽 5시 풍경」「인연 끊기」「아파트의 고향」「그대의 향기」「습관」「어물전」「연리지」「사랑에 안겨 흐르는 인생」「불면증」 등이다.

(2)추억의 시편들은 「겉보리 쌀」「엄마의 텃밭」「내 집 장독맛」「아낙네의 바람 소리」「올챙이」「꼬맹이 삼 남매 송편 만들기」「기름집 풍경」 등이다.

(3)순수 서정시는 「구덕초」「민들레」「매화」「복수초」「자귀나무」「와송」「이팝나무꽃」「복수초」「꽃비」「목련꽃」「봄비」「무명초」 등이다.

대부분 서술형의 쉬운 시들이므로 지면 관계상 몇 편만 살펴본다.

"저마다의 사물은 사연이 있고/ 어깨 부딪히며 웃고 살아도 사연은 있다 —「사연」 첫 연

누구나 자기만의 역린이 있다//

남의 역린을 건드린 잘못은 모르고/ 적반하장으로 인연을 끊었다//

자기만 생각하면 그가 옳다/ 타인으로 인해 자존감 상하지 않고/

남의 시선에 인생이/ 흔들리게 할 수는 없으니까//

이제야 생각난다. 전에도 그랬는데/ 내가 먼저 손 내밀고 다가갔지//

이젠 남보다 나를 챙기자/우주의 중심은 나다/ 흔들리지 않고 지키며/

나를 위해 세상을 돌게 하자//

오늘 또 느낀다. 사람은 고쳐 쓸 수 없다//
　—「인연 끊기」 일부

참으로 쉽지 않은 게 세상사지만 그중에서도 인간관계가 문제의 관건이다. 매사를 〈역지사지〉 〈용서와 사랑〉이라면 문제가 없겠지만, 인간은 자존심 강하고 이기적인

동물이라 그 또한 쉽지 않다. "누구나 자기만의 역린이 있다/…남의 역린을 건드린 잘못은 모르고/ 적반하장으로 인연을 끊었다// …오늘 또 느낀다/ 사람은 고쳐 쓸 수 없다"

보릿고개 배곯다 재 너머 일가 집에서/ 추수해서 갚아 주겠다고 빌려온 겉보리 쌀//

한 톨이라도 흘릴세라 젖 먹던 힘 다해/ 꼭꼭 동여 싸맨 보물 보따리/

이고 들고 발길 재촉하며 좁은 산길 향한다//…

머리에 인 보따리는 목을 옥죄이고/ 손에 쥔 보따리는 온 팔이 찌르르/

땀이 찬 고무신 벗어질까 고심하고/ 숨이 턱턱 막히는 고갯길 갈지자로 넘어가다//

내 몸이 남의 것 인양 감각 잃어가도/올망졸망 어린 자식들 입에/

밥 들어가는 모습 상상하며/ 모든 고통 다 잊고 미소 짓는 어미 모습//

—「겉보리 쌀」일부

'보릿고개'는 조국 근대화로 식량 자급이 이루어지기 전까지 우리 민족의 눈물겨운 현실이었다. 대다수가 소농이었기에 가을 추수로 거둔 얼마 안 되는 곡식은 겨울 오기 전에 다 떨어지기 마련이다. 내년 봄 보리수확기까지 몇 달간은 그야말로 먹고살기 위한 생존투쟁이었다. 겉보리 쌀이라도 빌려 우선 보릿고개를 넘겨야 했다. 이 작품은 재 너머 일 가집에서 추수하면 갚겠다고 겉보리 쌀을 빌려 머리에 이고 손에 들고 숨이 턱턱 막히는 고통을 참으며 자식들 생각에 좁은 산길을 오는 눈물겨운 모정을 그렸다. 오늘날 한국은 오히려 쌀 재고가 몇 년 치씩 남아돌아 '쌀 소비촉진운동'까지 벌이고 있으니 격세지감을 느낀다.

4. 맺는말

이상에서 김승균 시인의 이번 시집 특징을 "일상과 추억 속의 실존적 자아탐색" 측면에서 살펴보았다. 약력에서 보듯 다양한 멀티플레이어로 세상을 치열하게 살고 있는 김 시인은 불교신자라서 그런지 비교적 너그럽고 긍정적인 표현들이 많다. 끊임없이 "이 뭣고?" "나는 누구인가"라는 화두를 앞세우며 매사 열심히 정진하는 듯하다. 그의 전생은 우직하게 일만 하는 '황소'였을 거라고 스스로 단정한다. 전혀 발간이 늦지 않은 이번 첫 시집은 대부분이 서정시이며, 서술적 말하기 시편들이라 쉽게 읽힌다.

앞으로 '始作, 試作'하는 훌륭한 '詩作'을 시시때때로 열심히 '時作'하여 황소처럼 용맹정진하시길 바란다.

김승균 시인 이력

Education

2024.12.30. 미국 American West College 명예 경영학 박사

2007.08.23. 가톨릭대학교 대학원 행정학 박사 수료

2005.02.24. 가톨릭대학교 대학원 행정학 석사 졸업

2002.02.23. 서울과학기술대학교 행정학과 졸업

Career

현) 2021.01.20.~현재. 완결행정사사무소 대표

2021.01.20.~현재. 건설면허컨설팅 대표

2025.10.01.~현재. 미국 KNAPP SEYMOUR UNIVERSITY 아
시아캠퍼스 교수

2025.06.10.~현재. 대한행정사회 경기남부지방행정사회 부천
시지회장

2025.07.01.~현재. 대한행정사회 윤리위원회, 인사위원회 위원

2025.04.07.~현재. 부천시 공공갈등관리 심의위원회 위원

2024.01.01.~현재. 부천시소사구갑선거관리위원회 위원

2023.12.28.~현재. 굴포천환경관리시민연합 이사

2023.12.04.~현재. 부천시시민옴부즈만자문위원회 위원

2023.06.20.~현재. 대한행정사회 부천시 행정사회 수석부회장

2022.09.19.~현재. 부천시새마을회 이사

2022.01.01.~현재. 인천지방법원·인천가정법원 부천지원 민
　　　　　　사조정위원

2015.10.01.~현재. 서울과학기술대학교산업대학원최고위건축
　　　　　　개발과정 겸임교수

2020.05.20. 수필가 등단. 종합문예지 시와창작 제35호

2019.07.20. 시인 등단. 종합문예지 시와창작 제32호

2014.06.18. 한국평생교육강사협회 명강사(제14061403호)

2012.12.12. 대한민국안전교육 명강사((사)안교협 명-212호)

2012.12.12.~현재. 한국안전교육강사협회(전. 이사), 운영위원

전) 1980.12.26.~1990.07.24. 경상북도 영양군 근무

1990.07.25.~2020.12.31. 경기도 부천시 근무

2024.03.01.~2025.02.28. 경기도부천교육지원청 미리내 화해
　　　　　　중재단 중재위원

2023.01.01.~2023.12.31. 부천시갑선거관리위원회 위원

2022.10.04.~2023.10.01. 부천시 승격 50주년 기념「부천시
　　　　　　사」집필위원

2022.02.23.~2023.06.08. 대한행정사회 무자격사 신고위원
　　　　　　회 위원

2022.02.01.~2022.08.14. 한국문인협회 경기도지회 대의원

2022.01.01.~2022.08.14. 한국예총부천지회 대의원

2021.11.18.~2022.08.14. 한국문인협회 부천지회 사무국장

2021.04.01.~2023.12.31. 부천지역건축사회 자문위원

2019.11.29.~2022.05.12. 종합문예지《시와창작》작가회 부회
　　　　　　장(2020-2)

2019.10.19. 종합문예지《시와창작》작가회 홍보대사(2019-10)

2019.06.20. 한국스피치평생교육원 명강사(제SL-19-06-107호)

2019.06.20. 한국스피치평생교육원 시낭송지도사1급(제SL-19-
06-25호)

2015.03.01.~2016.2.28. 삼육보건대학교 사이버지식교육원 겸임
교수(강사) (사이버지식2015-43)

Awards

2021.06.30. 녹조근정훈장(국가사회발전 기여) 대한민국(대통령)

2020.12.31. 세계 속의 문화도시 부천건설 헌신 공로 / 부천시장

2019.12.22. 2019 위대한 한국인 대상 / 대한민국신문기자협회

2019.10.20. 2019 한국을 빛낸 자랑스런 한국인 대상 / 대한민국
신문기자협회

2019.07.27. 《시와창작》 시 부문 신인문학상(제32호) / 종합문예
지시와창작 발행인

2018.04.18. 행정사 실무교육 기여 / 한국일반행정사협회장

2014.12.23. CADO발전 유공 최고건축개발상 / 서울과학기술대
학교 총장

2014.11.05. 교육기부 / 중원중학교장

2013.10.25. 토목시설물안전점검과정 1등상 / 국토교통부장관

2013.10.25. 토목시설물안전점검과정 공로 / 국토교통인재개
발원장

2012.12.22. 시민상담대학(심리상담2급)과정 공로 / 한국생명의
전화 부천지부장

2012.12.21. 자원봉사활동 유공 / 국회의원 김상희

2011.12.29. 교육기부로 교육발전 유공 / 경기도부천교육지원청장

2008.04.25. 학생장 공로 / 국토해양인재개발원장

2005.02.24. 네트워크 구축 공로상 / 가톨릭대학교행정대학원장

2005.01.03. 지식활동 우수상 / 부천시장

2004.11.01. 종합관찰제 적극 참여 시정발전 유공 / 부천시장

2003.12.31. "부천종합운동장 흑자 운영을 위한 지정제안" 공모 장
            려상 / 부천시장

2003.02.03. 행정지식활동 우수상 / 부천시장

2003.02.03. 1월 중 지식활동 우수상 / 부천시장

2002.03.05. 문화도시부천 문화공간 조성 유공 / 부천시의회의장

2001.06.09. 공공부문 Knowledge Champion / 매일경제신문·TV
            사장

2001.05.02. 제안심사 우수제안 채택 노력상 / 부천시장

1997.12.15. 도민교통편익증진 / 경기도지사

1990.03.31. 밝은 사회 분위기 조성 유공 / 내무부장관

1989.12.31. 군정추진 유공 / 영양군수

1988.12.19. 새마을운동 활성화와 지역사회 발전 기여 / 경상북
            도지사

1986.12.31. 군정추진 유공 / 영양군수

Communication

2001.06.22. 주요보도 – 매일경제신문 – 지방자치단체의 지식경영
            실천전략
            [지식경영리더과정 우수논문 : 지식행정 성공 열쇠]

https://www.mk.co.kr/news/business/
view/2001/06/158604/ 매일경제신문·TV 사장

2019.04.03. 기고 - 안전신문사 - 산재예방은 최고경영자의 안전
에 대한 의지가 중요 / 안전신문사

2016.02. 기고 - 카도저널 3호 - 안전관리에 대한 최고경영자의
자세 / 서울과학기술대학교

2020.08.20. 저서 - 사람을 끌어들이는 마법의 화술 유머의 품격
[ISBN 978-89-7895-424-213320]
- 민영욱 외 2인 공저 / 가림출판사

2005.08.05. 저서 - 2005문화답사자료집 - 김미옥 외 12인 공저
/ (사)한국민속박물관회

뿔 난 자리

김승균 지음

발행처   도서출판 **청어**
발행인   이영철
영업   이동호
홍보   천성래
기획   육재섭
편집   이설빈
디자인   이수빈 | 구유림
인쇄   정우인쇄

등록   1999년 5월 3일
         (제321-3210000251001999000063호)

1판 1쇄 발행 2026년 3월 31일

주소   서울특별시 서초구 남부순환로 364길 8-15 동일빌딩 2층
대표전화 02-586-0477
팩시밀리 0303-0942-0478
홈페이지 www.chungeobook.com
E-mail   ppi20@hanmail.net

ISBN   979-11-6855-431-3(03810)